Libros ilustrados para pequeños lectores y grandes curiosos

Roo, Georgina
¿Qué crees tú que podrías hacer en mi circo? / Georgina Roo y Maximiliano Luchini. - 1a ed. 5a reimp. - Ciudad Autónoma de Buenos Aires : Pequeño Editor, 2021.
36 p. ; 22x21 cm. - (Incluso los grandes)

ISBN 978-987-22094-9-0

1. Narrativa Infantil Argentina. I. Luchini, Maximiliano II. Título
CDD A863.928 2

Colección Incluso los grandes

Dirección editorial
Raquel Franco

Edición literaria
Ruth Kaufman

Diseño
María Delia Lozupone

Imprimió
Latingrafica
Rocamora 4161,CABA

5ta reimpresión, marzo 2021
TIrada: 3000 ejemplares

ISBN978-987-22094-9-0

Queda hecho el depósito
que marca la Ley 11.723
Impreso en la Argentina

www.pequenoeditor.com

¿QUÉ CREES TÚ QUE PUEDES HACER EN MI CIRCO?

para Malena

GEORGINA RÔO

MAXIMILIANO LUCHINI

Esa mañana,
el circo llegó a la ciudad...

JOAQUÍN DORMÍA,
PERO EL SONIDO
DE LOS ELEFANTES LO DESPERTÓ.
Y, DE UN SALTO,
YA ESTABA EN LA VENTANA.

AL VER LA CARAVANA,
NO DUDÓ UN SOLO INSTANTE:
DEBÍA UNÍRSELES Y TRABAJAR ALLÍ.

Tan rápido como pudo, se vistió.

HABÍA LLEGADO EL DÍA,
NO TENÍA QUE DEJAR
QUE LOS NERVIOS LO TRAICIONARAN

En el circo
quedarían encantados
cuando les mostrara
lo que él podía hacer.

Impecable, con unos zapatos nuevos
que le había regalado su abuela,
Joaquín golpeó la puerta del carromato principal.
Seguro que el dueño del circo estaba allí.

Malhumorado y todavía un poco dormido,
el hombre abrió la puerta y murmuró:

-No importa qué tan importante sea eso
que vienes a decirme, el viaje hasta aquí
ha sido muy pesado y deseo seguir durmiendo.
Vuelve mañana y te atenderé.

Joaquín regresó a su casa
bastante inquieto.

El encuentro con el dueño del circo no
había sido igual a como se lo había
imaginado, pero después
pensó que tanto viaje y
tanta responsabilidad
podían poner a la gente
un poco... rara.

Seguramente mañana lo
atendería con amabilidad. Y ni que hablar
cuando le mostrara lo que él sabía hacer.

k

Esa noche
Joaquín se acostó
más temprano que de costumbre.
No podía dejar de imaginar
la cara del hombre cuando viera...

Pensando en eso se durmió.
Y, al llegar la medianoche,
Joaquín estaba soñando
con pájaros...

...con pájaros...

...Y MÁS HERMOSOS SUEÑOS CON PÁJAROS.

A LA MAÑANA SIGUIENTE,
VOLVIÓ A GOLPEAR LA PUERTA DEL CARROMATO:
¡TOC-TOC!

-¿OTRA VEZ TÚ POR AQUÍ? ¿NO VES QUE ESTOY MUY OCUPADO? ¿NO TE DAS CUENTA DE QUE EN POCOS MINUTOS COMENZARÁ LA FUNCIÓN? ¿QUÉ QUIERES?

JOAQUÍN SE SINTIÓ ABRUMADO POR LAS PREGUNTAS Y LA VOZ FUERTE DEL HOMBRE.
NO HABÍA QUE SER UN GENIO PARA DARSE CUENTA DE QUE SU PRESENCIA LO MOLESTABA Y, DE ESE MODO, ERA DIFÍCIL COMENZAR A HABLAR.

Así y todo,
tomó coraje y le dijo:

-He venido porque
deseo trabajar en su circo.

-¡Ja! -Rio el hombre, burlándose-
a ver... Y dime, pequeño:
¿Qué crees tú que podrías
hacer en mi circo?
¿Limpiar las jaulas de los animales?
¿Darles de comer a los elefantes?
¿Recibir los boletos?

Otra vez
demasiadas preguntas, pensó Joaquín.
Estuvo a punto de hacerle un comentario
al respecto, pero, por la cara del hombre,
sabía que no estaba dispuesto
a escucharlo mucho tiempo,

así que fue directo al grano y le dijo:
-Puedo imitar a los pájaros.

-¡JA, JA, JA, JA!
¡OUAAAAAAAA!
¡QUÉ ESTUPIDEZ,
ESOS IMITADORES DE PÁJAROS,
CON SUS INSOPORTABLES SONIDOS!

-PERO NO, SEÑOR...
NO ME HA ENTENDIDO, ES QUE...

-Entiendo perfectamente,
trabajo en esto hace más de treinta años
y reconozco un talento antes
que la persona misma lo descubra.
¿Te das cuenta de lo que es eso?
¡Soy dueño de un circo muy importante!

Tengo una lista de trescientos
imitadores de cosas, a cada ciudad a la que voy
se me acercan docenas de imitadores
tan buenos como te puedas imaginar.
Perdona, pero lo tuyo no me interesa.

Y ahora, si me disculpas,
ya empieza la función.
Adiós.

Antes que Joaquín
pudiera responder, el
hombre cerró con
fuerza la puerta del
carromato.

Joaquín se quedó inmóvil al lado de la puerta del carromato.

No podía quitarse de encima el ruido del portazo... El espeluznante ¡BLAM! no dejaba de retumbarle en la cabeza.

Se quedó así unos minutos, sin saber qué hacer. Hasta que de lo alto comenzó a escuchar un sonido... Miró al cielo y vio cómo se cubría con cientos de pájaros.

Entonces, Joaquín agitó apenas sus bracitos...

Y VOLÓ.

Georgina Rôo

Nació en La Plata, Buenos Aires, Argentina. Actualmente vive y trabaja en su país.

Maximiliano Luchini

Nació en La Plata, Buenos Aires, Argentina.
Desde 1990 publica sus dibujos en editoriales de Barcelona, Francia, México, Corea, Italia y Argentina.
En 2008 crea y dirige la editorial Mamut Comics. Su obra gráfica se expone en galerías de México, Japón, Francia y en la Fundació Miró de Barcelona.